AF232431

LE BAISER DONNÉ,

ET

LE BAISER RENDU;

OPERA-COMIQUE

EN DEUX ACTES;

Par M. TACONET,

Membre des Arcades du Pont-Neuf, du Pont-aux-Choux, & du Pont-aux-Tripes, Secrétaire perpétuel de l'Académie Aquatique de l'Arche-Marion, & Compositeur des Spectacles Forains.

Repréfenté à Verfailles, le Samedi, 19 Mai 1770, à l'occafion du Mariage de MONSEIGNEUR LE DAUPHIN.

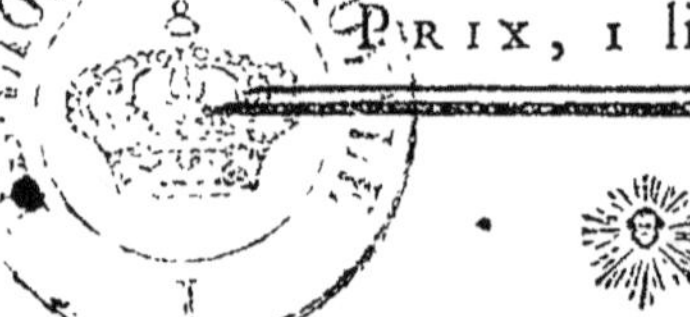

PRIX, 1 liv. 4 fol.

A PARIS,

Chez VENTE, Libraire des Menus-Plaifirs du Roi, rue & Montagne Sainte-Genevieve.

M. DCC. LXXI.
AVEC APPROBATION ET PERMISSION.

ACTEURS.

LE MARQUIS, *Seigneur du Village.*

LA MARQUISE.

LE BAILLI.

GUILLOT, *Jardinier.*   } *nouveaux Mariés.*
LISETTE, *jeune Payſanne.*

MATHURIN, *Laboureur.*

MATHURINE, *Femme de Mathurin, Laitiere.*

FINETTE, *Femme-de-Chambre de la Marquiſe.*

CHAMPAGNE, *Cocher du Marquis.*

MELCHIOR, *petit Negre de la Marquiſe.*

JACQUELINE.

DAME FRANÇOISE.

CHARLOTTE, *petite Sœur de Jacqueline.*

La Scene eſt dans un gros Village, & ſe paſſe d'après les deux Tableaux peints par PATERRE.

LE BAISER DONNÉ,

ET

LE BAISER RENDU;

OPERA-COMIQUE.

ACTE I.

Le Théâtre repréſente l'entrée d'un Village ; on voit ſur les côtés quelques Chaumieres ; le Château du Seigneur paroît dans l'éloignement.

SCENE PREMIERE.

FINETTE, MELCHIOR.

MELCHIOR.

Allons, belle Finette, rentrons au Château ; voilà le grand jour.

A ij

FINETTE.

Je le veux bien ; car si l'on nous voyoit en=
semble de si grand matin, on en pourroit jaser.

MELCHIOR.

Tu as raison. Le monde est bien méchant !
C'est bien dommage ! Sans cela , nous pourrions
rester encore une grande heure à causer.

FINETTE.

Oh ! sûrement. Monsieur & Madame ne se
leveront pas encore d'une heure d'ici. Des
jeunes Mariés ne peuvent dormir que le matin.
Toute la journée se passe à la toilette, en
visites , à la table, aux Spectacles ; tout cela
est fatigant.

MELCHIOR.

Oh ! je t'en réponds. Je voudrois bien être
comme eux, avec Finette.

Air : *Réveillez-vous , &c.*

Ah ! que ne puis-je de la sorte
Dormir avec toi !

FINETTE.

Le rusé !

MELCHIOR.

Je ne voudrois ouvrir la porte
Qu'après avoir bien reposé.

FINETTE.

Oh ! tu dis cela ; mais . . . .

MELCHIOR.

Comment, mais? Me crois-tu capable de manquer de parole? Sçais-tu que je sçais tenir ce que j'avance?

FINETTE.

Je le crois. Mais quand vous êtes amans, vous dites comme le proverbe : vous aimez mieux tenir que de courir. Êtes-vous mariés, vous aimez mieux courir que de tenir.

MELCHIOR.

Oh! rassure-toi, ma chere Finette.

Air : *Des Proverbes.*

Comptes sur moi, ma charmante future;
Avant, après, toujours, je t'aimerai :
Entre nous deux, quand tu voudras conclure,
Tu verras si je pâlirai.

FINETTE.

Et moi, encore moins que toi. S'il s'agit de bien aimer, je te donnerai l'exemple. Depuis que je suis auprès de ma jeune Maitresse, je respire une certaine vapeur amoureuse que je ne connoissois pas avant. Nos jeunes Epoux s'embrassent à toute heure, & toujours devant moi; ils ne se gênent pas : tantôt c'est au lever, tantôt à la toilette, une autre fois à la promenade, une autre à la table, quelquefois même . . . . . .

MELCHIOR.

Et cela te fait venir l'eau à la bouche, n'est-ce pas? Bon, tant mieux; quand nous serons mariés, je t'embrasserai auffi à toutes ces heures-là.

FINETTE.

Paix; on ouvre la grille du Parc. Ah! c'eft notre Cocher; où diantre va-t-il fi matin?

SCENE II.

FINETTE, MELCHIOR, LE COCHER *en attirail d'Ecurie, un morceau de pain fous fon bras, & un couteau à la main.*

FINETTE.

Comment, Champagne, déja hors du Château? Où vas-tu donc dans ton habit de cérémonie?

LE COCHER.

Ma foi, je vais boire une petite goutte de c't'affaire. Notre voifin le Mercier a du brandevin excellent! il n'y a que cela qui puiffe chaffer de mon cerveau l'odeur de la litiere.

FINETTE.

Comment donc; eft-ce que cela fent fi mauvais que tu le dis?

LE COCHER.

Oh! vraiment, voilà comme vous êtes, vous autres perroquets de toilette & piliers d'antichambre; vous croyez que notre écurie eſt parfumée comme la garderobbe de vos maitreſſes.

FINETTE.

Allons, ne te mêles point de nos affaires.

LE COCHER.

Eh, ne vous mêlez pas des nôtres, on ne ſe mêlera pas des vôtres. (*à Melchior.*) Eh bien, toi, beau blondin, veux-tu venir boire la goutte avec moi? Allons, viens; nous prendrons deux anis après, afin que notre Maître ne s'apperçoive pas que tu ſens de la bouche auſſi fort que mon fumier.

MELCHIOR.

Oh! laiſſes-moi, Champagne; je veux faire l'amour à jeun.

LÉ COCHER.

Ah! tu en contes donc à Finette? Allons, bon, vas ton train, mon ami; je ſuis bon camarade, & au ſervice de la Mariée pour le jour & le lendemain. Vas, elle aura un bon roulant; je te le promets.

FINETTE.

Grand-merci, Monſieur Champagne.

LE COCHER.

Oh! il n'y a pas de quoi. Vous me voyez-là en ſabots; mais j'aurai bientôt mis des bottes pour vous obliger; duſſent-elles être de ſept lieues. Oui, je me croirois très-heureux de vous voir mon Ogre, pourvu que je sois votre petit Poucet.

FINETTE.

Comment donc, Monsieur Champagne, pour un Cocher c'est avoir de l'érudition.

LE COCHER.

Oh ! j'ai lu. Je possede toute la Bibliothéque bleue, & reliée encore ; mais devinez comment ?

FINETTE.

En maroquin, & dorée sur tranche, sans doute ?

LE COCHER.

Fi donc !

MELCHIOR.

En veau ?

LE COCHER.

Veau toi même.

FINETTE.

En vache ?

LE COCHER.

Vache vous-même.

MELCHIOR.

Eh comment donc ?

LE COCHER.

En peau de lapin.

FINETTE, *riant.*

Ah, ah, ah, ah, une bibliothéque reliée en peau de lapin! Votre Relieur demeure fûrement rue de la Huchette?

LE COCHER.

Non. Il demeure à Montmartre; c'eft-là où je vais me faire relier.

MELCHIOR.

En ce cas-là, vous devriez donc vous faire relier en peau d'âne.

LE COCHER.

Ane toi-même. Mais laiffons les gens pour ce qu'ils font. Mamfelle Finette, je vous ai offert mes petits fervices, & je fuis prêt à tenir parole. Vous fçavez que nous avons affaire à un bon Maître; je fuis fûr qu'il ne vous refufera pas fa voiture, & qu'il s'amufera à votre noce, ainfi que notre jeune Dame. Jarni, le joli couple que nous fervons! Que j'étois content de les mener en vifites! Quand la Mariée defcendoit, je ne penfois plus à mes chevaux. Je vous allongeois la tête du côté de la portiere, & deffus mon fiége!...Je vous ouvrois des yeux!... Et je voyois de certains objets!... Ah! c'eft un vrai plaifir d'être Cocher dans ces momens-là.

FINETTE.

Ah, ah, Monfieur Champagne fait le paffionné.

LE COCHER.

Oh ! je suis chaud, moi, de mon naturel.
Mais, allons nous rafraîchir le siflet. Sans adieu,
mon camarade. Si Monsieur le Marquis me de-
mande les chevaux, tu diras que je les étrille.

(*Il sort en chantant.*)

SCENE III.

FINETTE, MELCHIOR.

MELCHIOR.

Le compere Champagne va s'étriller lui-
même au Cabaret. Tu vois, Finette, que je
te préfere à tout autre plaisir.

FINETTE.

Et toi, Melchior, tu m'en fais beaucoup en
tenant une conduite si sage.

MELCHIOR.

Tu es donc contente de moi ? j'en suis bien
aise. Embrasse-moi, ma petite future.

Air : *Menuet d'Exaudet.*

Entre nous,
Qu'il est doux
De nous dire
Que seuls nous nous suffisons !
Lorsque nous le disons,
C'est le cœur qui l'inspire.

Pour mon teint,
Ne fais point
La févere :
Vas, pourvu qu'on aime bien,
La couleur n'y fait rien,
Ma chere. . . . . . .

FINETTE.

Melchior, on leve les jaloufies chez Monfieur, il fait jour.

MELCHIOR.

Je te quitte ; vas auprès de Madame ; je m'y
rendrai auffi dans un moment. Tantôt nous par-
lerons de nos amours.

(Ils fortent.)

SCENE IV.

GUILLOT, LISETTE.

GUILLOT, *une bêche à la main.*

Air : *Un peu d'aide fait grand bien.*

ALLONS, ma chere Epoufée,
Profitons de la rofée ;
Le beau temps me met en train :
La terre n'eft plus revêche,
Je vais enfoncer ma bêche :
Un peu d'aide fait grand bien.

Tu sçais qu'il faut que je leve du gazon pour le Château : il y a long-temps que j'en promets ; mais la saison a été si ingratte, que je n'ons pu avoir de verdure plutôt. Tatigué ! ma chere Lisette, je crois que c'est toi qui m'a ravardi. Depuis que t'es ma minagere, mon jardin pousse à vue d'œil.

Air : La rose & le bouton.

L'œillet & le jasmin,

Le romarin,

L'angélique & la tubéreuse,

La giroflée aussi,

Tout est ici

D'une venue heureuse ;

Mais la plus belle des fleurs

Ne vaut pas les couleurs

De ma Lisette.

La rose & le bouton

D'amourette.

La rose & le bouton.

Mais, tu parois songeuse, Lisette ; qu'as-tu qui te chagraine ?

LISETTE.

Je n'ai rien, Guillot ; je songe que tu vas me quitter pour toute la journée.

GUILLOT.

C'est vrai ; mais il le faut. Vas, ma petite Lison, la journée sera biantôt passée. Je ne bécherai qu'en pensant à toi : quand on s'occupe de ce qu'on aime, le jour paroît, morgué, bian court.

LISETTE.

Oh! pour moi, je voudrois qu'il fût déja nuit. Je fuis fi contente quand tu rentres cheu nous !

GUILLOT.

Et moi, jarni! je fis fi fâché quand je fis obligé d'en fortir !

Air : *Finiffez donc, Mamfelle Fanchon.*

Quand je ne fis pas avec toi,
   Ça m'gargouille,
   Ça m'tribouille,
Quand je ne fis pas avec toi,
Je fis tout comme un je ne fçais quoi.

Quelquefois la romaine eft femée,
Tandis que je penfe à la pommée:
   Tu me rends fi diftrait,
   Que Guillot ne voit
   Ni gauche ni droit.

Quand je ne fis pas avec toi, &c.

LISETTE.

Et moi, Guillot, je fis tout de même.

Air : *Romance de l'Aveugle de Palmire.*

Quand tu m'as prife en mariage,
Tu m'as promis de m'aimer bien,
D'avoir foin de notre ménage,
Et de n'y laiffer chommer rien :

Je ne crains pas que Guillot triche,
Il tient parole affurément ;
Et chez nous rien ne refte en friche ;
Guillot m'aime, & j'en fais autant.

D'être chéri de ta Lifette ,
Oui, Guillot, tu peux te flatter ;
Notre petite maifonnette
Eft tout ce qui peut me tenter.
C'eft ainfi que la poule eft fûre
Dans le plus fimple des réduits ,
En attendant que la nature
Lui faffe éclore fes petits.

Reviens donc de bonne heure, mon petit Guillot. Sur-tout, évite ce vilain Mathurin ; car il veut toujours t'entraîner au cabaret. Il y mene jufqu'à Mathurine fa femme, qui eft bien la plus méchante langue ! Elle médit de tout le Village.

GUILLOT.

Eh ! morgué, laiffes-les dire ; s'ils médifent de nous, c'eft bon feigne.

LISETTE.

Comment, cela eft-il bien de dire du mal des gens ?

GUILLOT.

Oui, te dis-je ; s'ils en difent de nous, c'eft qu'ils ne nous connoiffent pas.

LISETTE.

Ah ! t'as raifon , Guillot ; c'eft tant mieux
de n'être pas de leu connoiffance.

Air : Non , je ne ferai pas.

Mon cher Guillot, laiffons ces mauvais caracteres,
Car toujours avec eux on fait mal fes affaires :
On eft avec les bons à l'ombre d'un ormeau ;
Mais avec les méchans à l'ombre d'un rofeau.

GUILLOT.

Allons, petite femme , à la befogne. V'là le
jour qui avance ; il faut aller au potager pour
envoyer des légumes à la Ville. Soyons labo-
rieux & exacts.

Air : Laiffons-nous charmer.

D'un bon jardinier
Faifons le métier ;
En faifant vivre autrui ,
Je vivons auffi.

LISETTE.

Mettons-nous en train ;
Sans aucun chagrin ;
En travaillant tous deux ,
Je ferons heureux.

GUILLOT.

Ça m'enchante !
Plus je plante ,
Et plus mon jardin fleurit.

LISETTE.

Chaque chofe
Que j'arrofe
Promet du produit,
Et s'épanouit.
(*Enfemble.*)
D'un bon jardinier, &c.

(*Ici le Marquis traverfe le Théâtre ,
en lifant une Brochure.*)

LISETTE.

Ah! Guillot, taifons-nous; voilà Monfieur le
Marquis : il fe promene en lifant; nous l'aurons peut-être interrompu.

GUILLOT.

Oh! jarni, je ne l'avions pas apparçu. Mais
ne crains rien, Lifette, il nous pardonnera;
car c'eft un Seigneur qui eft, morgué, la bonté
même.

LISETTE.

N'approchons pas, Guillot.

GUILLOT.

Au contraire; y faut l'y faire not' falutation.
Ranges-toi donc bian comme çà, là, mets-toi
à côté de moi le long de la haie, & fais une
grande révérence à la Parifienne : quien, regarde, auffi bas que moi; vois-tu bian?

LISETTE, *bas.*

Oui, Guillot.

SCENE

SCENE V.

LE MARQUIS, LISETTE, GUILLOT.

LE MARQUIS, *quittant la lecture.*

Qu'est-ce?... Ah! c'est vous, mes enfans. N'êtes-vous pas ces jeunes gens d'ici près, mariés depuis peu?

LISETTE & GUILLOT, *saluant profondément, & avec timidité.*

Oui, Monseigneur.

LE MARQUIS.

Je suis charmé de vous voir unis. Comment vous nomme t-on belle Epousée?

LISETTE.

Lisette, Monseigneur, pour vous obéir.

LE MARQUIS.

Quel âge avez-vous?

LISETTE.

Monseigneur, dix-neuf ans & trois mois.

GUILLOT.

Oui, Monseigneur; dans neuf mois alle aura vingt ans, ça f'ra un compte tout rond.

B

LE MARQUIS.

Vingt ans, c'eſt l'âge mûr pour être en ménage.

GUILLOT.

Oh! oui, Monſeigneur, comme vous dites fort bian; quand j'avons vu Liſette prête d'être mûre, tout de ſuite je l'avons cueillée.

LE MARQUIS.

La précaution eſt excellente!

GUILLOT.

Oh! nous autres payſans, je nous y connoiſſons; ce n'eſt pas comme à la Ville: là on le cueille avant qu'il ſoit mûr, ou bien encore plus ſouvent après qu'il eſt tumbé. Mais, Monſeigneur, excuſez ſi Guillot vous parle ſi cavayeremenr.

LE MARQUIS.

Ta bonne foi me plaît, Guillot. Je protége-rai ton nouveau ménage.

Air : *Ma mie Jeanneton.*

> Liſette, vraiment,
> A bien de quoi plaire!
> Je veux dans l'inſtant
> Obtenir, ma chere . . . .

LISETTE.

Quoi?

LE MARQUIS.

Un baiser de toi,
T'embrasser, ma chere.

LISETTE.

Moi ?

LE MARQUIS.

Un baiser de toi.

LISETTE, *faisant la révérence.*

Trop d'honneur pour moi.

(*Le Marquis l'embrasse, Mathurine paroît à sa fenêtre, & fait signe à la cantonade d'accourir voir ce qui se passe : elle ne se retire que quand le Marquis sort.*)

LE MARQUIS.

Guillot, il ne faut pas en vouloir à Lisette de cette petite complaisance.

GUILLOT, *appuyé sur sa bêche.*

Moi, Monseigneur, j'avons tant de respect pour tout ce que vous faites, que je n'avons tant seulement pas osé nous déplanter de not' place.

LISETTE.

Ah ! Monseigneur, Guillot voit bian que ce que vous venez de faire n'est pas pour tout de bon.

GUILLOT.

Oh! oui, ce n'est que pour rire.

LE MARQUIS.

Air : *Vaudeville des Ecoſſeuſes.*

> Vas, réjoui Guillot,
> Tu n'as pas un mauvais lot :
> Sois ſûr avec ta Moitié
> De ſon amtié.   *bis.*
> Liſette a le cœur trop droit,
> Pour que l'on te montre au doigt.   *bis.*

Tiens, voilà de quoi acheter des rubans & des lacets pour Liſette.

GUILLOT.

Air : *des Folies d'Eſpagne.*

Ah ! Monſeigneur, c'eſt un bonheur extrême ;
Rubans, lacets vont venir à foiſon :

LISETTE.

Oui, Monſeigneur, & je veux que lui-même,
Guillot me lace à votre intention.

LE MARQUIS.

Adieu, mes enfans. La premiere fête que je donnerai au Château, je veux que vous y ſoyez bien reçus & bien traités. Adieu, Liſette. (*A part.*) La jolie petite payſanne ! On en épouſe à la Ville qui, ma foi, n'en valent pas tant la peine.

(Il ſort.)

SCENE VI.

LISETTE, GUILLOT.

LISETTE.

Ah! Guillot, que Monseigneur est bon!

GUILLOT.

Je te l'avois bian dit que c'étoit le roi des Seigneurs.

LISETTE.

Il nous a promis que nous irions au Château ; m'y meneras-tu, mon petit Guillot ?

GUILLOT.

Oh! tatigué, de toutes mes jambes.

LISETTE.

Ah! Guillot, v'là Mathurine; allons-nous-en.

SCENE VII.

GUILLOT, LISETTE, MATHURINE.

MATHURINE, *le bras dans l'anse de son pot au lait.*

Vot' sarvante, compere Guillot. Bonjour, voisine Lisette. Je vians vous complimenter sur la portection que Monseigneur vous accorde,

& fur l'argent qu'il vous a baillé : j'avons vu tout ça de loin ; mais comme je ne fommes pas babillarde, je n'en fonnerons mot. Ne craignez rian ; je fçavons nous taire. Et pis ce n'eft pas à moi qui ne fis qu'une Laitiere, de me récomparer à ceux qui ont affaire au Seigneur du lieu ; auffi on me donneroit de l'argent comme à vous pour me faire jafer, que ça feroit peine pardue ; fur-tout quand c'eft fait pour être du myftere qui deviant myftérieux. Enfin, quoique j'en ayons vu plus que je n'en voulions voir, je n'avons pas envie d'en médire. On peut avoir des foibles ; chacun a le fien. N'eft-il pas vrai, mes amis ?

LISETTE, *dédaigneufement.*

Vos amis ? Vous êtes bien bonne, Madame Mathurine.

MATHURINE, *ironiquement.*

Oh ! vous l'êtes plus que moi, Madame Lifette, ou bien Madame Guillot, ou comme il vous plaira...... N'importe, c'eft vous qu'il faut appeller bonne ; vous avez plus le moyen d'avoir des bontés pour les autres, puifqu'on en a tant pour vous ; vous devez en avoir à revendre.

LISETTE, *dépitée.*

Allons-nous-en donc, Guillot.

MATHURINE.

Air : *de la Paliſſe.*

Ne vous en allez donc pas,
Avec la mine affligée;
De vous je faiſons grand cas,
Afin d'être portégée.

GUILLOT, *férieuſement.*

Oh! ça, la mere Mathurine, vous avez la langue un peu chardonneuſe; alle pique queuque fois; vot' mari ne l'a pas meilléure; je fçais qu'il eſt laboureur, il doit fçavoir que je fis jardinier, moi. Si j'apprends qu'il ſe mêle de nos affaires, vous pouvez li dire de ma part que je li bêcherai la gueule de façon qu'il ne retournera à la charrue qu'avec des dents de moins; vous m'entendez ? Sarviteur.

SCENE VIII.

MATHURINE, *feule.*

Ah! je m'embarraſſe ben de tes menaces. Stapendant, n'en parlons pas à Mathurin; les querelles des hommes ſont toujours fâcheuſes : vive les diſputes des femmes; il n'y a que la langue qui ſe ſert de voies de fait. Pour moi, je vais exercer la mienne, en racontant cette aventure à toutes nos voiſines. V'là un p'tit ménage qui commence ben. Lisette ne joue pas mal l'Agnès.

Air : *Sur le ritantalari.*

Oui, la femme à Guillot va bien ;
Elle ne manquera de rien :
Nous allons la voir aujourd'hui
  Sur le ritanta
   Lara ,
  Sur le ritantalari.

SCENE IX.

MATHURINE, MATHURIN, *ivre.*

MATHURIN, *sans voir Mathurine.*

Air : *l'Amour me fait mourir.*

Pour le coup, Mathurine
Aura , parbleu, menti ;
Je n'ai bu que chopine,
Et je ne suis pas gri (*Il fait un hoquet.*)
Le vin me rend , lon, lan , la ,
Le vin me rend genti.

MATHURINE.

C'est toi, not' homme ? Vas , j'ai queuque chose à te dire qui te fera ben rire.

MATHURIN.

Tant mieux, car je fuis en train de rire, & même de danfer. (*Il tombe.*) Ah ! ne me pouffe donc pas comme ça.

MATHURINE.

Je n'te touche pas.

MATHURIN.

Ah ! c'eft différent. Eh ben, qu'eft-ce que c'eft que ce conte ?

MATHURINE.

Oh ! c'eft un conte qui regarde des gens à qui ça portera guignon.

MATHURIN.

Tu leux porteras une foupe à l'oignon ? Non, ma femme, garde là pour moi ; ça me f'ra du bien, car je fuis encore à jeun.

MATHURINE.

Pourquoi n'as-tu pas déjeûné ? C'eft ta faute.

MATHURIN.

C'eft vrai ; j'ai tort. V'là comme je me ruine le tempérament ; & pour faire honneur à mon labourage, je néglige ma chere fubfiftance.

Air : *de Manon Dubut.*

Ce n'eft pas manque d'avoir pu
Riboter, fi j'avois voulu ;
Marguillier, Bedeau, Suiffe & Chantre
Me mettoient le feu fous le ventre.

Mais j'ai toujours refusé, pour faire voir que
je ne donnois pas dans la boisson.

MATHURINE.

Mathurin, monte cheux nous, & porte mon
pot ; je te conterai tout ça que j'ai vu.

MATHURIN.

Donne, & ne tarde pas, car je pourrois ben
m'endormir en t'attendant.

MATHURINE, *le caressant.*

Tu es donc ben las, mon pauvre homme ?

MATHURIN, *la repoussant.*

Allons, finis donc ; tu vois que je suis chargé,
est-ce pour me faire tumber ce que t'en fais ?

Air : *des Précepteurs d'amour.*

Garde pour un autre moment
Ces caresses-là, Mathurine ;
Car je te jure qu'à présent
Ton Mathurin fait pauvre mine.

MATHURINE.

Allons, viens, je m'en vas avec toi.

Fin du premier Acte.

ACTE II.
SCENE PREMIERE.

MATHURINE, JACQUELINE, DAME FRANÇOISE, CHARLOTTE.

MATHURINE.

Air : *des Trembleurs.*

OUI, croyez-m'en, ma voisine.

JACQUELINE.

Est-il bien vrai, Mathurine ?

MATHURINE.

Rien de plus vrai, Jacqueline.

DAME FRANÇOISE.

Ah ! que nous apprenez-vous !

MATHURINE.

Guillot fort peu s'inquiette
Que l'on en conte à Lisette.
Monsieur le Marquis la guette,
Pour lui faire les yeux doux.

Et même il n'a pas besoin de la guetter, car Guillot étoit présent quand on embrassoit sa femme.

JACQUELINE.

C'eſt bien fait. Ah ! le nigaud ! J'en ſuis bien aiſe ; il n'a pas voulu de moi.

MATHURINE.

La petite Liſette n'eſt pas difficile.

Air : *Toujours ſeule, diſoit Nina.*

> Elle avoit toujours refuſé
> De ſe mettre en ménage ;
> Mais ſon eſprit eſt trop ruſé,
> Et dément ſon viſage.
> Elle a pris Guillot pour Mari ;
> Mais tout ne ſera pas pour lui :
>> On en dira
>> Ce qu'on voudra ;
> Mais l'y voilà, l'y voilà ,
>>> Là.

DAME FRANÇOISE.

Mais, Mathurine, ſi c'eſt comme vous dites, c'eſt bian chagrinant ; car la mere Jeanne a toujours élevé ſa fille Liſette en tout bian & tout honneur. Jarni ! ſi j'avois un enfant qui ſe dérangît ! quoiqu'allé ſoit en puiſſance de mari, je li caſſerions cent échalas ſus le corps.

JACQUELINE.

Moi, je li tordrois l'cou.

MATHURINE.

Guillot eſt un bon mari : il a reçu de l'argent pour ſe taire ; & Monſieur le Marquis a

dit à Lisette qu'alle seroit ben reçue & ben traitée à la fête du Châtiau : elle n'a pas fait la petite bouche, au moins.

Air : Le tout par nature.

Quoiqu'on sçache peu danser,
On ne sçauroit s'en passer ;
On ne veut pas refuser,
Crainte de faire injure :
Il faut ben s'humaniser ;
Le tout par nature.

Oh ! ça, Dame Françoise, n'allez pas parler de ça à tout le monde ; il faut que la chose soit secrete, voyez-vous.

DAME FRANÇOISE.

Oh ! laissez faire ; je n'en sonnerons mot.

MATHURINE.

Jacqueline, ne faites point de caquets, car je ne les peux pas souffrir.

JACQUELINE.

Je ferai comme vous, Mathurine.

MATHURINE.

Et vous aussi, petite fille ?

CHARLOTTE.

Oui, Mathurine. Est-ce que vous me prenez pour une jaseuse ? Demandez à ma sœur si je dis cheux nous tout ce que je li vois faire à la veillée, quand alle eſt à côté de not' Garde-Moulin ?

JACQUELINE.

Allons, taiſez-vous, petite ſotte.

MATHURINE.

Au revoir, voiſines, à tantôt; ſi j'apprends queuque choſe de nouveau, je vous le dirai. Ne parlez de rien dans le Village.

JACQUELINE.

Oh ! non, nous ne jaſerons que dans la Ferme. Toi, Charlotte, tu diras à ma mere que je ſuis allée au moulin avec Dame Françoiſe.

CHARLOTTE.

Oui, ma ſœur.

(*Elles ſortent, en diſant avec Mathurine :*
Chut, chut, chut.*)

SCENE II.

MATHURINE, CHARLOTTE.

CHARLOTTE, *à demi-voix.*

LA mere Mathurine, j'attendois que ma ſœur s'en aille pour vous demander une choſe.

MATHURINE.

Qu'eſt-ce que c'eſt, Charlotte ?

CHARLOTTE.

C'eſt au ſujet de Liſette , qui s'eſt laiſſée embraſſer par Monſieur le Marquis ; c'eſt donc mal faire que de ſouffrir ça ?

MATHURINE.

Comment , ſi c'eſt mal faire ? Aſſurément.

CHARLOTTE.

Pourquoi donc ?

MATHURINE.

C'eſt qu'il faut n'embraſſer que ſon mari, ou celui qui doit l'être. Liſette n'eſt-elle pas mariée à Guillot ?

CHARLOTTE.

C'eſt vrai. En ce cas-là , je n'ai donc pas tort, moi qui ne ſuis pas mariée , mais qui doit l'être , de laiſſer faire le petit Colin quand il m'embraſſe ?

MATHURINE.

Comment , petite fille , vous embraſſez Colin ?

CHARLOTTE.

Eh ! non , je vous dis que c'eſt lui qui commence toujours ; & puis , n'y a pas grand mal, il ne m'embraſſe que d'un côté, & moi.....

MATHURINE.

Et vous ?...

CHARLOTTE.

Et moi, je......

MATHURINE.

Après ?

CHARLOTTE.

Et moi...... je l'embrasse de l'autre.

MATHURINE.

Air : *Flon, flon, flon.*

Quoi, petite fillette,
Vous faites les yeux doux !
Sçavez-vous qu'on fouette
Ceux qui font comme vous ?

CHARLOTTE, *riant.*

Flon, flon, flon, larira dondaine,
Gué, gué, gué,
Larira dondé.

MATHURINE.

Comment, vous en sçavez tant que cela à dix ans ?

CHARLOTTE.

Dix ans ? Ah ! j'en ai bientôt onze, s'il vous plaît ; & c'est assez.

Air :

Air : *Jouez-nous un cotillon nouveau.*

Dans ce temps ;
Les filles d'onze ans
N'en sçavent pas moins que leurs bonnes mamans.
Dès qu'on a quitté la lisiere ,
On voudroit déja
Par-ci, par-là ,
Plaire :
Oui da,

Dans ce temps , &c.

Par exemple, vous parlez de Monsieur le Marquis, qui a embrassé Lisette ; vous auriez donc trouvé à redire si vous m'aviez vu lui faire la révérence l'autre jour, parce qu'il me disoit que j'étois bien gentille ?

MATHURINE.

C'est différent ; ceci est une politesse que vous deviez faire.

CHARLOTTE.

Eh bien , Colin m'en dit autant que M. le Marquis ; & c'est par politesse que je l'embrasse.

Air : *Grand , carré , de bon aloi.*

Tenez , voyez ce bouquet
De muguet ;
Eh bien, c'est lui qui l'a fait.
Tantôt, d'une ardeur extrême ,
Il me l'a (*trois fois.*) placé lui-même ;

C

MATHURINE.

Et votre mere, ni votre sœur ne difent rien à cela ?

CHARLOTTE.

Oh! ma mere ne penfe pas à moi, & ma sœur ne fonge qu'à elle.

MATHURINE.

Oui da ? Et moi, je vais leur dire tout.

CHARLOTTE, *vivement.*

Ah ! oui ; eh bien, moi, je vais au Château dire à Monfeigneur que vous efpionnez fes actions. Ah ! vous me prenez donc pour un enfant ? Vous allez voir fi ma petite langue de dix ans ne vaut pas bien la vôtre ! Vous allez voir ; vous allez voir ; vous allez voir.

     (*Elle fe fauve.*)

SCENE III.

MATHURINE, *feule.*

Ecoutez donc, Charlotte. Charlotte ? Quelle petite réfolue ! Si cela continue, je ne ferai qu'un enfant auprès d'elle pour le babil. Mais, je vois Monfieur le Marquis avec la Marquife ; courons après Charlotte, & flattons-la pour la faire taire.

SCENE IV.

LE MARQUIS, LA MARQUISE, MELCHIOR, *portant la queue.*

LA MARQUISE, *tenant un petit parasol.*

Sortons un peu, Marquis, il fait beau.
J'aime cette avenue ; elle rend l'entrée du
Château tout-à-fait agréable.

LE MARQUIS.

Je suis ravi, Marquise, que ce séjour vous
plaise ; mais il faut varier vos amusemens. Vous
sçavez que nous avons promis au Président d'aller
le voir à sa Terre ; elle n'est qu'à deux lieues
d'ici : il faut lui tenir notre parole aujourd'hui
ou demain au plus tard, car je sçais qu'il nous
attend.

LA MARQUISE.

Aujourd'hui soit ; il est de bonne heure ;
quand vous voudrez vous ferez mettre les chevaux.

LE MARQUIS.

Je vais tout faire préparer. Melchior, vas
dire à Champagne qu'il attele la berline de
campagne.

C ij

LA MARQUISE.

Ah! oui, Marquis, car nous aurions trop chaud dans le vis-à-vis.

MELCHIOR.

Monſieur, combien de chevaux?

LE MARQUIS.

Deux ſuffiront; le chemin eſt tout uni d'ici-là.

MELCHIOR.

C'eſt bon. Deux chevaux & la berline.

LA MARQUISE.

Tenez, Melchior, mettez ce paraſol dans la voiture.

SCENE V.

LE MARQUIS, LA MARQUISE.

LE MARQUIS.

Vous ſçavez, Marquiſe, que nous allons chez un ami ſans façon; vous n'avez point de toilette à faire.

LA MARQUISE.

Auſſi la voilà toute faite. Je mettrai ſeulement ma caleche de gaſe, pour garantir mes yeux de la pouſſiere.

LE MARQUIS.

C'eſt bien penſer. Pour moi, j'irai avec cet habit de Cavalier; notre ami eſt ſans cérémonie, & ne veut pas qu'on en faſſe.

GUILLOT, *chante dans la couliſſe :*

C'ſont des navets, navets, navets, navets,
C'ſont des navets au ſucre.

LE MARQUIS.

Voilà quelqu'un de bonne humeur.

SCENE VI.

LE MARQUIS, LA MARQUISE, GUILLOT.

GUILLOT, *portant un panier de navets.*

(*Il continue.*)

Vive le jardinage,
Quand il ſçait profiter !
Voilà de notre ouvrage ;
Savons-je bian planter ?

C'ſont des navets, &c.

LE MARQUIS.

C'eſt toi, Guillot ? Tu es toujours en joie.

GUILLOT.

Ah ! Monseigneur, pardonnez ; je n'vous avions pas vu.

LE MARQUIS.

Tu viens donc de chercher la provision ?

GUILLOT.

Oh ! Monseigneur, Dieu-marci, je la trouve toujours sans la charcher : mon petit jardin fait toute ma cuisine. V'là des navets que j'allons fricasser. pour moi & Lisette ; si le cœur vous en dit , ainsi qu'à Madame.

LA MARQUISE.

Bien obligée , mon gárçon.

GUILLOT.

Dame , excusez : j'sçavons bian que vous avez assez de beurre pour fricasser des navets ; mais je n'vous offrons pas moins les nôtres de bon cœur & sans intérêt. (*Il en présente un.*)

LE MARQUIS.

Garde cela pour toi & Lisette ; à propos, comment se porte-t-elle ?

GUILLOT.

Oh ! bian , Monseigneur ; grosse & grasse à vot' sarvice.

LE MARQUIS.

Tant mieux. Sçavez - vous, Marquise, que Guillot a une jeune femme tout-à-fait bien ?

GUILLOT.

Vous êtes bian bon, Monfeigneur.

Air : Vous me l'avez dit.

Vous m'avez fur ça , tantôt,
Complimenté comme il faut :
Auffi je fus obligeant,
Vous avez agi . . . . . . fouvenez-vous-en ;
Auffi je fus obligeant ;
Mais à la charge d'autant.

Monfeigneur, j'ai une petite grace à vous demander.

LE MARQUIS.

Qu'eft-ce que c'eft, mon ami ?

GUILLOT.

C'eft, Monfeigneur, que vous avez chaffé tantôt fur mes plaifirs, & que je voudrions bian une parmiffion de chaffer itou fur les vôtres.

LE MARQUIS.

Ah, ah, ah, ah, je t'entends. Marquife, acquittez-moi avec Guillot.

LA MARQUISE, *tirant fa bourfe.*

Volontiers. De combien s'agit-il ?

GUILLOT, *pofant fon panier à terre.*

Madame, parmettez que j'vous expliquions ça avec tout l'refpect poffibe. Monfeigneur fe trompe quand il dit qu'il s'acquitte avec moi ; c'eft bian plutôt moi qui m'acquitte envars li :

C iv

il a donné tantôt un baiser à mon épousée, &
moi qui ne veux rian avoir à parsonne, je le
rends à Madame la Marquise. (*Il l'embrasse.*)

LA MARQUISE.

Mais...... mais, Guillot, tu es fans façon.

GUILLOT.

Oh! dame, excusez. Nous autres paysans, j'y
allons un peu farme quand j'embraffons queu-
qu'un; c'est comme quand je bêchons, j'appuyons
de toutes nos forces.

LA MARQUISE.

En vérité, Marquis, vous faites de singu-
lieres dettes.

GUILLOT.

Oh! ne craignez rian, Madame; Monseigneur
est trop riche pour qu'ça puisse ruiner son fonds.

LA MARQUISE.

Entrons, Marquis. Guillot, je ferai bien aise
de voir ta femme; amene-là au Château : demain
nous ferons de retour.

GUILLOT.

Madame, je n'y manquerons pas. Je vas
l'avartir de ça pour qu'alle s'apprête. (*à part.*)

Air : *du pont d'Avignon.*

Tatigué ! que ma joie auroit été complette,
Si Monfieur eût voulu coucher avec Lifette !

(*Il fort.*)

SCENE VII.

LE MARQUIS, LA MARQUISE.

LE MARQUIS.

Ce drole-là n'eſt pas ſot pour un Villageois.

LA MARQUISE.

Non, vraiment ; ſes naïvetés m'ont amuſée.

SCENE VIII.

LE MARQUIS, LA MARQUISE, MELCHIOR.

MELCHIOR.

Monsieur le Marquis......

LE MARQUIS.

Eh bien, les chevaux ſont-ils mis ?

MELCHIOR.

Non, Monſieur.

LE MARQUIS.

Comment, non ? Eſt-ce que tu n'as pas trouvé Champagne ?

MELCHIOR.

Pardonnez-moi, Monfieur ; mais je n'ai pu le reconnoître dans l'état où il eft, & je crois que vous ne le reconnoîtrez pas mieux vous-même. Tenez, le voici. ·

SCENE IX.

CHAMPAGNE, les Précédens.

LA MARQUISE.

Ah ! Marquis, comment pouvez-vous garder un homme comme cela ?

LE MARQUIS.

Je vous affure qu'il fera congédié en arrivant à Paris.

CHAMPAGNE, *dans le fond, ivre.*

Eh bien, qu'eft-ce qu'il y a ? On dit que mes chevaux me demandent.... Ah ! excufez, mon cher Maître ; qu'y a-t-il pour votre aimable fervice ?

LE MARQUIS.

Pour mon fervice ? Eh ! dis-moi, malheureux, es-tu en état de faire le tien ?

CHAMPAGNE.

Oui da ! & tête levée encore.

LE MARQUIS.

Peux-tu t'équipper comme te voilà ?

CHAMPAGNE.

Il faut bien que cela se puisse, puisque cela est. Mais, Monsieur le Marquis, c'est vous qui en êtes la cause.

LE MARQUIS.

Comment, moi ? maraud, à qui comptes-tu parler ?

CHAMPAGNE.

Oui, vraiment ; vous êtes trop généreux. Si vous n'aviez pas donné trois livres pour boire à votre Marchand de foin que j'ai rencontré, cela ne seroit pas arrivé. Si vous ne lui aviez donné que douze sols, nous n'aurions bu que pour chacun six sols ; au lieu que nous avons bu pour chacun trente sols : vous voyez bien que c'est vous qui avez tort.

LE MARQUIS.

J'ai tort ? Ne t'avois-je pas dit que je sortirois aujourd'hui ?

CHAMPAGNE.

Ah ! c'est juste ; vous m'avez dit : je sortirai demain.

LE MARQUIS.

C'est hier que je t'ai dit cela ; je ne t'ai pas encore vu aujourd'hui.

CHAMPAGNE.

En vérité? j'ai donc mangé l'ordre. Mais ne craignez rien ; je fuis ferré à glace.

LA MARQUISE.

Allons, Marquis, vous avez encore la patience de l'écouter.

LE MARQUIS.

Je ne fortirai pas aujourd'hui. Mais tu me payeras celui là.

CHAMPAGNE, *allant après le Marquis.*

Oh ! ça, Monfieur le Marquis, c'eft bien entendu, vous ne fortiréz pas aujourd'hui ?

LE MARQUIS.

Non, coquin, non.

CHAMPAGNE.

Ah ! d'abord que vous me le dites poliment, cela fuffit.

LE MARQUIS.

Melchior, conduis-le à fa chambre, & enferme-le.

SCENE X.

CHAMPAGNE, MELCHIOR.

MELCHIOR.

Allons, viens, Champagne ; donne-moi le bras.

CHAMPAGNE.

Ah! volontiers, l'ami; je t'ai toujours aimé, parce que tu es gentil de figure. Dis-moi un peu, est-ce que je parois gris?

MELCHIOR.

Oh! non; tu es mieux que cela.

CHAMPAGNE.

Ah! bon. Embrasse-moi, mon frere.

MELCHIOR.

Ahi, ahi, prends donc garde; tes sabots sont bien lourds.

CHAMPAGNE.

Diantre! tu es bien douillet. Oh ça, parlons d'affaire intéressante.

Air : *de tous les Capucins.*

Puisque céans on me résigne,
Ami, dis-moi pourquoi la vigne
A toujours son bois si tortu?
Depuis très-long-temps on l'ignore.
Pour moi, je sçais que quand j'ai bu,
Je vais plus de travers encore.

MELCHIOR.

Allons, viens te repofer.

CHAMPAGNE.

Me repofer? moi? Est-ce que tu crois que je ne suis pas en état de rouler? Oh! tu ne connois pas encore Champagne.

 ## LE BAISER DONNÉ,

Air : *Pour un Soldat, &c.*

Un bon Cocher
Ne doit jamais broncher,
Quand il faut faire une route.
Oui, fans doute,
Rien ne coute,
S'il faut marcher.
Pour moi, je puis dire être grec :
Parmi la foule
Je roule,
Et ne crains nul échec.
En bagare,
Criant gare,
On fe range,
Je m'arrange ;
On fait place
Sur ma trace,
Et je paffe fi bien là,
Que chacun confeffe,
En admirant mon adreffe,
Le bon Cocher que voilà !
Que voilà ! là. Que voilà ! là.
Là, là, là, là, là, là, là, là.

Gare derriere, là. Gare derriere. (*Il recule*
fur le pied de Melchior.)

MELCHIOR.

Le diable t'emporte, toi & ton derriere.

CHAMPAGNE.

Ce n'eft rien que cela.

MELCHIOR.

Allons, viens-t-en donc, j'ai affaire.

CHAMPAGNE.

Oh ! fi tu as des affaires, vas les faire. Bon foir. (*Il fort.*)

MELCHIOR.

Ecoute donc, Champagne, écoute donc.

(Il court après lui.)

SCENE XI.

LISETTE, GUILLOT.

GUILLOT.

Mais, Lifette, dis-moi donc ce que t'as. Eft-ce que ta grand'mere Jeanne eft r'empirée ?

LISETTE, *fanglottant.*

Non, Guillot.

GUILLOT.

Eft-ce qu'il eft mort queuque cheval à ton oncle le Laboureur ?

LISETTE.

Ce n'eft pas tout ça.

GUILLOT.

Eft-ce que tu fens mal queuque part ?

LISETTE.

Non, Guillot.

GUILLOT.

Eh! qu'eſt-ce que t'as donc ?

LISETTE.

Quand je t'ai dit tantôt de ne pas aller avec
Mathurin, avois-je tort ? Sa femme vient de
ſe moquer de moi en paſſant, avec Dame Françoiſe & Jacqueline, devant Grégoire & Grand-
Glaude, qui s'en ſont mêlés auſſi.

GUILLOT.

Se moquer de toi ? Et à queu ſujet ?

LISETTE.

Au ſujet qu'ils ont vu Monſieur le Marquis
m'embraſſer tantôt, & qu'ils l'ont crié devant
tout le monde, en ajoutant que tu avois reçu
de l'argent.

Air : *de la Fée Urgele.*

Pour un baiſer,
Faut-il être blâmée ?
Si je ſuis eſtimée,
Pourquoi m'en accuſer ?
Quand on ſe fait entendre
Sans trop en abuſer,
On peut ſe rendre
Pour un baiſer.

Pour un baiser,
Faut-il être blâmée ?
Si je suis estimée,
Pourquoi m'en accuser
Pour un baiser ?

GUILLOT, *en colère.*

Ah ! sangoi ! laisse-moi leux parler.

LISETTE, *l'arrêtant.*

Ah ! Guillot......

GUILLOT.

Paix. taisons-nous ; v'là Monseigneur.

SCÈNE XII.

LE MARQUIS, LE BAILLI, GUILLOT, LISETTE.

LE BAILLI, *présentant un papier roulé.*

Monseigneur, voilà l'état des feux de votre Seigneurie ; ils y sont *omnes ad unum.*

LE MARQUIS.

C'est très-bien, Monsieur le Bailli. Je n'en avois qu'un compte fort embrouillé, & je me réglerai mieux sur celui-ci, pour faire le plus de bien que je pourrai à mes Vassaux.

D

GUILLOT, *à part.*

Ah! l'honnête Seigneur! Morgué! je l'embrafferois auffi à mon tour, fi je n'avois pas peur qu'on n'en jasît.

LE MARQUIS.

Ah! vous voilà, mes enfans? Où allez-vous donc comme cela, tête à tête?

GUILLOT.

Monfeigneur, j'allons . . . . . . je venons ici.

LISETTE, *trifte.*

Pardonnez-moi, Monfeigneur, nous nous en allons cheux nous.

LE MARQUIS.

Comment, vous paroiffez chagrine? Venez-ça, Lifette; dites-moi ce qui vous fait de la peine.

GUILLOT, *la pouffant.*

Allons, vas donc, vas donc; Monfieur le Bailli ne dira rien, lui, c'eft un fi brave homme!

LISETTE, *regardant à droite & à gauche.*

Monfeigneur . . . . . .

LE MARQUIS.

Parlez hardiment.

LISETTE.

Air : *Eh ! mais, oui da, &c.*

Si je suis inquiette,
Vos bontés l'ont permis ;
Soyez sûr que Lisette
En connoît tout le prix.
Eh ! mais, oui da,
Comment peut-on trouver du mal à ça ?

Votre ame généreuse
Donne à Guillot pour moi ;
Mais quand je suis joyeuse,
On dit qu'on sçait pourquoi.
Eh ! mais, oui da,
Comment peut-on trouver du mal à ça ?

LE MARQUIS.

Guillot, que veut-elle dire ?

GUILLOT.

Monseigneur........ Allons, Lisette, pisque
t'as commencé, acheve.

LE MARQUIS.

Oui, je veux être instruit de tout.

LISETTE.

Eh bien, Monseigneur, puisque vous me
l'ordonnez, je vous dirai que l'on m'a arrêtée
tout-à-l'heure dans la grande place, pour me
dire je ne sçais combien de mauvaises choses ;
& cela, de la part de Mathurine, qui dit du

mal de tout le Village. Il n'y a pas jusqu'à l'argent que vous avez donné à Guillot pour m'acheter des lacets, dont on ne me fasse des reproches.

LE MARQUIS.

Monsieur le Bailli, il faut faire ajourner cette Mathurine, & l'interroger en conséquence; je vous recommande la plainte portée par Lisette.

LE BAILLI.

Cela suffit, Monseigneur; je suis *Judex incorruptus.* J'ai déja entendu parler de cette femme, & je la punirois à l'instant, si je ne voulois pas abandonner toute l'autorité à Monseigneur, en lui faisant mon rapport.

LE MARQUIS.

C'est fort bien, Monsieur le Bailli; quant à mon autorité, servez-vous en.

LE BAILLI.

Ah! Monseigneur, quand vous êtes ici, *ex me ipso nihil possum.*

LE MARQUIS.

Ne vous alarmez plus, Lisette. Toi, Guillot, prends courage; dans peu, je te ferai Jardinier-Concierge d'une Terre que je vais acheter.

GUILLOT, *transporté.*

Ah, Monseigneur! Ah, Lisette!

LISETTE, *sur le même ton.*

Ah, Guillot ! Ah, Monseigneur !

Air : *Menuet de Spinacuta.*

> Lorsque l'on est Souverain,
> Qu'il est flatteur d'être humain !
> On reçoit au passage
> Un sincere hommage.
> Un cœur bon, & naturel,
> Sans doute, est un don du Ciel.
> C'est votre heureux partage ;
> Oui, le vôtre est tel.
>
> Vous venez dans ces lieux
> Faire des heureux.
> Ah ! pour vous quelle gloire !
> Monseigneur, soyez l'appui des bons.
> Nous gardons la mémoire
> Des dons
> Que nous vous devons.
> Lorsque l'on est Souverain, &c.

LE MARQUIS.

Adieu, mes enfans. Monsieur le Bailli, que la justice soit rendue à qui il appartiendra.

(*Il sort.*)

LE BAILLI.

Oui, Monseigneur ; je vais commencer par Mathurine, *ad exemplum.*

D iij

SCENE XIII.

LE BAILLI, GUILLOT, LISETTE.

LE BAILLI.

MES amis, je vais être ponctuel aux ordres de Monseigneur. Ceux qui vous insultent payeront les pots cassés.

LISETTE, *naïvement.*

Mais, Monsieur le Bailli, ils n'ont point cassé de pots.

LE BAILLI.

Vous ne m'entendez pas. Je veux dire qu'ils feront condamnés à payer les dépens, dommages & intérêts, & à vous faire une bonne réparation d'honneur. *Violati honoris inflicta pœna.*

GUILLOT.

Ah! bon, voilà le principal; pour le reste, comme vous dites fort bien, payera qui pourra.

SCENE XIV.

CHARLOTTE, LES PRÉCÉDENS.

CHARLOTTE.

Monsieur le Bailli, c'eſt vous que je cherche.

LE BAILLI.

Que me voulez-vous, Charlotte ?

CHARLOTTE.

Je viens vous prier de faire taire Mathurine, qui ne veut pas que je parle au petit Colin, votre fillot.

LE BAILLI.

Comment, elle ne veut pas ? Mais, vous, pourquoi le voulez-vous ?

CHARLOTTE.

C'eſt que je le trouve bien gentil, & qu'il vient toujours jouer aux oſſelets ſur la grande pierre qui eſt à not' porte.

LE BAILLI.

C'eſt fort bien.

CHARLOTTE.

C'eſt fort bien ? D'où vient donc Mathurine dit-elle que c'eſt fort mal ?

D iv

LE BAILLI.

Elle vous dit cela ?

CHARLOTTE.

Oui, vraiment; encore tout-à-l'heure, elle m'a appellée pour me dire pourquoi il manquoit deux épingles à ma bavette ?

LE BAILLI.

Effectivement, vous ne les avez plus ? Où font-elles ?

CHARLOTTE, *baissant la vue.*

Dame, on ne gagne pas toujours ; je les ai perdues avec Colin, en jouant à la pouffette.

LE BAILLI.

Cela est fâcheux. Mais vous ne paroiffez gueres fenfible à la perte ?

CHARLOTTE, *riant.*

Oh! non, Colin me rend tout ce qu'il me gagne. Monfieur le Bailli, vous qui êtes fi fça-vant, dites-moi s'il y a du mal à cela ?

LE BAILLI.

Allez, la petite, vous êtes encore trop jeune pour comprendre les chofes que je pourrois vous dire là-deffus.

CHARLOTTE.

En ce cas là, je vais amaffer bien, bien, bien des épingles pour aller jouer avec mon petit Colin.

Air : *Nous nous marierons Dimanche.*

Je veux dès demain
En avoir tout plein,
Et les mettre fur ma manche.
Pour me baiffer,
En ramaffer,
Je m'penche.
Nous nous verrons,
Et nous jouerons
Dimanche :
C'eft tout mon defir.
Pour moi quel plaifir
D'aller prendre ma revanche !

Adieu, Monfieur le Bailli ; en vous remerciant. Adieu, Guillot ; adieu, Lifette. Ah ! que je fuis joyeufe ! Il ne me refte plus qu'une épingle ; mais fi je rencontre encore fte méchante Mathurine, je la piquerai de toutes mes forces, zing, zing, zing, & puis je me fauverai chez vous, Monfieur le Bailli. (*Elle fort.*)

SCENE XV.

LE BAILLI, LISETTE, GUILLOT.

LE BAILLI.

Je vais me rendre au Bailliage. Tranquillifezvous, Guillot ; Dans peu, Mathurine n'aura pas tant de langue.

LISETTE.

Vous voyez, Monsieur le Bailli, qu'elle atta-
que jusqu'aux enfans.

LE BAILLI.

Laissez, vous dis-je, laissez-moi verbaliser ;
vous verrez si je sçais juger *ex æquo & bono.*

(*Il sort.*)

SCENE XVI. & derniere.

LISETTE, GUILLOT.

GUILLOT.

ALLONS, ma petite femme, Monseigneur
nous protége, le Bailli itou, nous qui avons
raison, je nous protégeons nous-mêmes ; avec
tant de protections, je n'pouvons pas perdre
not' cause.

VAUDEVILLE.

LISETTE.

Air : *Accompagné de plusieurs autres.*

MON cœur est un peu plus gaillard :
J'avois grand'peur ; mais tôt ou tard
Les bons se déclarent les vôtres.
Que nos enfans soient aussi bons !
Dans peu, je crois, nous en aurons, } *Chorus*
Accompagnés de plusieurs autres.

GUILLOT.

ALLONS, ma petite Lifon,
Moquons-nous du Qu'en dira-t-on;
Envoyons les méchans aux piautres :
Lorfque l'on eft femme de bien,
On trouve toujours un foutien,
Accompagné de plufieurs autres.   } *Chorus.*

LISETTE, *au Public.*

MESSIEURS, foyez-nous indulgens,
Puifque nous fommes bonnes gens ;
Que tous vos amis foient les nôtres :
Venez chez nous plutôt qu'ailleurs,
Et foyez-y nos protecteurs,
Accompagnés de plufieurs autres.   } *Chorus.*

COUPLET ajouté, & chanté à Verfailles,
relativement à la Fête.

LISETTE.

GUILLOT, tu chéris comme moi
Le Petit-Fils de notre Roi :
Il fera le bonheur des nôtres.
Que bientôt notre cher *DAUPHIN*
Nous donne un petit Souverain,
Accompagné de plufieurs autres.   } *Chorus.*

FIN.